ISBN : 978-2-412-06838-0
Dépôt légal : novembre 2021

Imprimé en Italie par LEGO

Correction : Hélène Boursin et Marjorie Poitte
Mise en page intérieure : Capucine Deslouis
Illustration de couverture : Manu Boisteau

Éditions First, un département d'Édi8
92, avenue de France
75013 Paris – France
Tél. : 01 44 16 09 00
Fax : 01 44 16 09 01

E-mail : firstinfo@efirst.com
Site Internet : www.editionsfirst.fr

Frédéric Pouhier Susie Jouffa

Les clashs de la récré

FIRST
ÉDITIONS

Avertissement

Si ta seule réponse quand on t'embête dans la cour de récréation est de répéter en boucle « C'est celui qui le dit qui l'est » ou bien « Donner, c'est donner. Reprendre, c'est voler ! », alors ce petit livre est fait pour toi.

Grâce à lui, tu vas devenir le roi des vanneurs, le King des chambreurs, la terreur de la cour de récré.

T'auras, dans ta poche, des dizaines et des dizaines de punchlines drôles et méchantes à balancer joyeusement à tes petits camarades.

Par contre, fais bien attention à ne pas utiliser ces vannes avec tes parents ou ta maîtresse, ça pourrait te causer quelques ennuis…

Quand tu parles,
on dirait
Aya Nakamura :
on comprend
qu'un mot sur deux.

AVEC TON HALEINE,
TU DOIS ESPÉRER QUE LA COVID
DURE TOUTE LA VIE
POUR POUVOIR CONTINUER
À PORTER UN MASQUE.

Je ne dis pas que
tu es bête,
je dis juste que
si tu joues une partie
de Scrabble avec
un mec des Anges de
la téléréalité,
t'es pas sûr de gagner.

T'es tellement moche
que le Prince charmant
préférerait rester
une grenouille
plutôt que de te faire
un bisou.

Si La Fontaine
t'avait connu,
il aurait écrit
une fable avec
un blaireau.

Tu sais pourquoi
je ne veux pas me
bagarrer avec toi ?
Parce que les moches
n'ont rien à perdre.

TU AS AUTANT
DE VOCABULAIRE
QU'UN TÉLÉTUBBIES.

C'est en voyant une de tes photos que les créateurs d'Instagram ont inventé les filtres.

Je suis sûr que tu as un petit frère... Tes parents devaient être tellement déçus de t'avoir raté.

TON PÈRE EST UN VOLEUR.
IL A PRIS TOUT L'AIR
DU MONDE POUR LE METTRE
DANS TA TÊTE.

Tu es tellement nul qu'il faudrait inventer un autre mot que « nul » pour te décrire.

Je ne savais pas
qu'ils faisaient
aussi
des vêtements
chez Leader Price.

Tu es un peu
mon calendrier
de l'Avent.
Tous les jours,
je découvre qu'il
te manque
des cases.

Le Père Noël
m'a dit qu'il
ne croyait pas
en toi.

— COMMENT TU ME TROUVES ?

— JE NE TE TROUVE PAS.

JE NE TE CHERCHE

MÊME PAS.

T'es tellement
moche
qu'à ta naissance,
les sages-femmes
te mettaient
les couches
sur le visage.

Même quand
tu ne parles pas,
tu fais des fautes
de grammaire.

TU SAIS

CE QUI EST DRÔLE ?

PAS TOI.

Tes fesses
doivent être
drôlement jalouses
de ce qui sort
de ta bouche.

Mange tes crottes de nez. Ce n'est pas très nourrissant, mais ça t'évitera de parler.

Tu sais respirer
par le nez ?
Alors ferme
ta bouche !

TU ES COMME LE VERBE
DANS UNE PHRASE
DE MAÎTRE YODA :
TU PASSES TOUJOURS
EN DERNIER.

TU MANGES TELLEMENT
QU'À CAUSE DE TOI,
À LA CANTINE,
ILS ONT DÛ INSTALLER
DES RALENTISSEURS.

Gims est sapé
comme jamais.
Toi, t'es sapé
comme Mémé.

Tu sens tellement mauvais qu'à chaque fois que la Petite Souris vient t'apporter une pièce sous ton oreiller, elle meurt empoisonnée.

T'AS DES FRÈRES
ET DES SŒURS
OU TES PARENTS
N'ONT LOUPÉ QUE TOI ?

IL Y A
COMME UNE ODEUR
DE PIEDS. C'EST TOI
QUI A OUVERT
LA BOUCHE ?

Heureusement
que tu es habillé.
Je n'aurais
jamais réussi à
faire la différence
entre ton visage
et tes fesses !

Je ne dis pas
que tu es bête,
je dis juste qu'ils
auraient dû te faire
redoubler deux fois
ta maternelle.

Je te surnomme
Bonduelle à cause
de ton petit pois
dans la tête.

TU SAIS POURQUOI

TU T'APPELLES .... ?

C'EST PARCE QUE TES

PARENTS NE SAVAIENT PAS

ÉPELER « BEUUUURK » !

Existe-t-il un vaccin contre toi ?

Tu es comme
un mois
sans vacances
scolaires...
déprimant.

TU ES EN AVANCE.
EN GÉNÉRAL, LES CLOCHES
NE SORTENT QU'À PÂQUES.

TU ES COMME
LES KIDS UNITED.
AVANT, JE T'AIMAIS BIEN,
MAIS JE T'AI TROP
ENTENDU.

Tu es de loin
la plus jolie fille
de l'école !
Par contre, de près...
plus vraiment.

Tu es comme un instituteur à la retraite : tu n'as aucune classe !

— Tiens, voilà
une clef.

— Pour faire quoi ?

— Pour fermer
ta bouche !

DEPUIS QUE TU AS PERDU
TA **DENT DE LAIT,**
TU RESSEMBLES AU CLOCHARD
QUI VIT EN BAS DE
CHEZ MOI.

Tu dois être
champion de
cache-cache. Toi,
on n'a jamais envie
de te trouver.

Je te préviens,
mon grand frère,
c'est Teddy Riner
mais en plus
costaud.

— SI LES IDIOTS AVAIENT UN ROYAUME, TU EN SERAIS LE ROI.

— ET TOI, L'EMPEREUR.

Vu ta tête,
tu n'as jamais
pensé attaquer
tes parents
en justice ?

Tu es un peu comme un singe savant, sauf que toi, tu n'es pas savant.

Je suis en train d'écrire un poème sur toi. Tu connais une rime avec débilos ?

J'ai frotté
une lampe et j'ai
demandé au Génie de
m'accorder un vœu.
Ça n'a pas fonctionné :
tu es encore dans
ma classe.

— REMONTE TON JEAN, ON VOIT TON CALEÇON.

— REMONTE TON PULL, ON VOIT **TA TÊTE !**

ATCHOUM !
Oh, je suis désolé,
je suis allergique
à toi !

Si tu étais un personnage de la *Pat'Patrouille*, tu serais le chien qui ne sert à rien.

JE NE DIS PAS QUE
TU ES LA CHOUCHOUTE
DE LA MAÎTRESSE, JE DIS
JUSTE QU'ELLE A TA PHOTO
COMME FOND D'ÉCRAN
SUR SON TÉLÉPHONE.

TU AS AUTANT
DE CHANCES DE FAIRE
PARTIE DE MA BANDE
QUE MBAPPÉ DE JOUER
POUR L'ÉQUIPE DE DIJON.

Tu as des crottes
de nez quand
tu respires et des
crottes de bouche
quand tu parles.

Tu connais la blague de l'idiot qui dit non ?

QUAND TU N'ES PAS LÀ,
JE SUIS COMME
LA REINE DES NEIGES :
« LIBÉRÉE, DÉLIVRÉE ! »

DIS-MOI,

TES PARENTS ONT

INSTALLÉ TA BALANÇOIRE

CONTRE UN MUR ?

Tu sais
à quel héros
de cinéma
tu ressembles ?

Bob l’éponge.

99 % des gens
de la classe
te détestent
et le 1 % restant
ment.

— JE NE T'EMBRASSE PAS.

— TU ES MALADE ?

— NON, JE NE T'AIME PAS.

Si tu étais
un super héros
de chez Marvel,
tu serais
Super Naze.

Même ma
grand-mère
a plus d'abonnés
que toi
sur TikTok !

Quelle est cette chose horrible sur tes épaules ? Au temps pour moi, c'est juste ta tête.

— ON FAIT **UN SELFIE** TOUS LES DEUX ?

— AH NON, JE N'AI AUCUNE ENVIE QU'IL Y AIT UNE PREUVE QU'ON SE CONNAISSE.

TU ES TELLEMENT
UNE MENTEUSE QUE
MÊME QUAND TU DIS
LA VÉRITÉ, TU MENS !

Nous deux,
c'est terminé, même
si je ne m'appelle
pas Wejdene !

Même en prenant
une douche avec
des paillettes,
tu ne seras jamais
aussi brillante
que moi !

Dis-moi, ton berceau
a bien pris feu
quand tu étais petit
et tes parents ont dû
éteindre l'incendie
à coups de pelle,
pas vrai ?

On t'a déjà
dit que tu étais
brillante ? Bah...
on t'a menti !

— Qu'est-ce qu'on dit ?

— Thank you very moche.

Tu es aussi
intéressant
qu'une balle
au prisonnier
sans ballon.

— JE ME SENS MOCHE EN CE MOMENT. QU'EST-CE QUE J'AI, À TON AVIS ?

— RAISON.

Si on me demandait
de choisir entre
devenir ton pote
et m'enfoncer un
Playmobil dans le nez,
je répondrais :
pas celui avec l'épée.

Tu es tellement bête
que lorsque tu joues
avec ton chien,
c'est toi qui vas
chercher la balle.

Tu es comme un ballon de rugby sur un terrain de foot : tu ne sers à rien.

SI TU PARTICIPAIS
À *THE VOICE*, LE JURY
SE RETOURNERAIT
UNE DEUXIÈME FOIS
POUR NE PAS AVOIR
À TE REGARDER.

TU ES SUPER DRÔLE...
JE VEUX DIRE, AU NIVEAU
DU VISAGE.

Pense
à un nombre
entre 1 et 10.
Perdu...
Maintenant
va-t'en !

En conjugaison,
si tu étais
un temps, tu serais
l'imparfait.

Tu es comme
un téléphone éteint,
tu ne captes
jamais rien.

Tu frôles
la perfection ...
quand tu es assis
à côté de moi.

Monsieur et madame Nérienàfairedetonavis ont un fils. Comment s'appelle-t-il ?

Jean.
Parce que Jean Nérienàfairedetonavis.

— Il est moche, ton T-shirt !

— Oui mais, contrairement à ton visage, je peux en changer.

QUAND TU ES NÉ,
TA MÈRE A DIT
« MAIS, QUEL TRÉSOR ! »
ET TON PÈRE A AJOUTÉ
« TU AS RAISON,
ENTERRONS-LE ! »

PROFITE DES SOLDES,
ACHÈTE-TOI
UNE PERSONNALITÉ.

Tu es aussi
utile qu'une
trottinette à
un cul-de-jatte.

Il faut absolument que tu me donnes l'adresse de ton coiffeur, histoire que je n'y mette jamais les pieds !

« OK Google »,
dis-moi comment
interrompre
une conversation
avec un gros relou ?